나를 들여다본다

시와함께(Along with Poetry) 시인선 037

나를 들여다본다

한정수

시와함께 넓은마루

일흔 살에 시인으로 등단했습니다.
어린 시절부터 가슴속에 품어온 꿈이었기에,
이 첫 시집은 제게 더욱 각별하고 벅찬 선물입니다.

삶의 굽이굽이마다 시는 늘 제 곁에 있었습니다.
기쁠 때나 슬플 때나, 말로 다 하지 못한 마음을
시는 조용히 받아 주었습니다.

이제야 비로소 한 권의 시집으로 인사를 드리게 되어
설레고도 감사한 마음입니다.
더 깊고, 더 따뜻한 시를 쓰고 싶은 갈망이
여전히 마음 깊숙히 자리하고 있습니다.

오랜 시간 묵묵히 지켜봐 준 가족들과 홍헌서실 교수
님과 도반들께 사랑과 감사를 전합니다.

2025년 8월 한정수

| 차례 |

제1부

나무들, 벌레를 사랑하다

가짜 스님

작년 봄
친구 넷이
조계사 경내를 한 바퀴 돌고 나오다가
웬 젊은 스님 한 분을 만났다.

서로 머뭇머뭇 주춤거리다 말문을 열었는데
자기는 지리산에서 일찍 내려오느라 아침 밥도 못 먹
었으니
아침 밥값을 시주하라는 것이었다.

시주하기를 좋아하는 친구가 선뜻 만 원을 주었더니
깊숙이 허리 숙여 인사를 하길래 우리도 덩달아
합장 배례를 하고 헤어졌다.

모퉁이를 돌아 스님이 보이지 않자
"저 스님 어제 보고 또 보네. 어쩜 말하는 내용까지
똑같을 수가 있지?" 하고 말했다.

"거짓말 좀 해도 극락 가는 데 지장이 없나 보지
뭐." 하고
   또 한 친구가 받았다.

   문 틈으로 스며드는 바람이 부드러워진 걸 보니
   벌거벗은 나무들 꽃망울 터뜨렸다는 봄소식과 함께
   지리산 스님은 아침도 못 먹고 왔노라며 또 시주를
청하겠지?

감나무 가지를 올려다보며

심은 지 오 년 된 시골집 감나무
그 동안 가지치기를 안 했는데도
시퍼런 감을 많이 매달고 있다.

지금 가지치기를 할까?
올해까지 감을 따 먹고 내년에 할까?
고심 끝에 가지치기를 먼저 하기로 했다.

아버님 계셨더라도 똑같은 결정을 내리셨겠지?
아버지는 우리들이 조금만 잘못해도
불호령을 내리시고 회초리로 허공을 가르셨었다.
아버지는 감나무도 자식 종아리 때리는 심정으로
가지를 치셨을 것이다

추석날, 성묘 마치고 돌아오는 길
손자들에게 가지에 감이 몇 개나 달렸는지 세어 보
라고 했다.

시퍼런 잎새 뒤에 숨어
찾아내기가 쉽지 않은, 아직은, 시퍼런 감
손자들이 애써 찾아 세어 보니 모두 다섯 개.

'내년엔 감이 많이 달리려나'
가지치기를 너무 강하게 한 것 같아
듬성듬성 뚫린 허공에 자꾸 눈길이 간다.

개구리 울음

달빛 흥건한 밤
무논의 개구리 기를 쓰고 운다.

도박판에 대학 등록금 날리고
고향집 숨어들던 밤
어머니는 새벽녘이 되도록 목을 놓았다.

우리 아들 서울 가서
사람 버려 왔노라며
울다 지쳐, 쓰러져 울고
다시 일어나, 또 울었다.

이 밤도 그날처럼
개구리 우는 소리 귓가에 쟁쟁한데
어머니 야단 어디 가서 들을까?

고구마 키우기 (1)

뿌리 내리고
줄기 뻗고 뻗어
짙푸른 파도 넘실댄다.

바랭이, 명아주, 쇠비름 따위 잡초들,
고구마 줄기 뒤에 숨어 얼굴 살짝 내밀다
농부 손에 끌려 올라와
밭둑에 팽개쳐진다.

왕성한 고구마 줄기
짙푸른 파도의 길
훤히 트였다.

고구마 키우기 (2)

고구마 심고 나서 일주일.
밭에서 살다시피했다.

흙, 북돋워 주고,
물 뿌려 주고,
퇴비와 토양 살충제는
밭을 갈아엎기 전에 뿌려 주었다.

고구마 줄기 좋아하는 고라니,
밤마다 내려와 포식하고 간다.
고구마 심기 전에 제일 먼저 하는 일은
울타리 치는 것.
올해는 울타리도 길게 쳤다.

굵고 야문 고구마가 달리게
비료도 훌훌 뿌려 주었다.

고구마 키우기 (3)

올해로 칠 년째, 서울 친구들,
봄에 내려와 심고, 가을에 캐 가는데,
작년엔 고구마가 많이 달리지 않았다.

잡초 뽑아 주는 때를 놓쳤기 때문인데
올해는 고구마 심고 바로
제초除草를 서둘러 했다.
캐보나 마나 푸지게 달렸겠지만
오늘은 못내 기다리던 날

밭고랑에 누워 가을 햇살에 몸 말리고
박스에 들어간 고구마,
친구들 차에 실리고

헤어질 시간, 손을 맞잡으면
손바닥을 타고 흐르는 우정
"고맙다. 고구마 잘 먹을게"

"수고했다, 내년에 또 만나세"
입꼬리엔 웃음이 달리고
더운 기운이 가슴에 뿌듯하게 차오른다.

파란 하늘에 떠 있는 흰구름
멍석만 한 호박 고구마 같다.

고구마밭, 명아주

제초제 맞고
누렇게 타들어 가는
명아주

한 발 너머 개울둑도 있는데
제초제 맞고도 기를 쓰고 고개 쳐드는
쇠뜨기도 있는데
고구마밭에 살다,
벼락 맞을 일은 무엇인가?

생사의 갈림길에서 헤매는 명아주,
불공평하고 비정한 세상
얼마나 원망스러울까?

가볍고 튼튼한 지팡이로 클 수도 있었는데
잘못 들어선 한 발자국이
영영 이별을 재촉하는 길 됐구나.

고추 따기

마흔 무렵,
일흔 노모와 고추 따기
내기를 했다.
"아이고, 이놈아, 네가 나를 이겨낼라?"

내기는 어머니의 일방적 우세.
나는 땅을 향하여 고추를 낚아채듯 따고
어머니는 하늘을 향하여 낚아 올리듯 따고

일머리 모르고 힘만 믿고 덤비는 나와
고추 달린 모양만 보고도 따는 법이 달랐던 어머니

"일은 일머리를 잘 알아서,
추근추근 요령 있게 해야 하는 법이여."

어머니 안 계시는 빈집이지만
막 맺히기 시작한 고추가

애기 손가락만 하게 커졌을 걸 생각하면
마음은 고향집 텃밭을 저만큼 앞서 달려간다.

엄마 사시던 고향 집에서 자면
엄마 꿈도 잘 꿔진다.

고향 집 단풍나무

고향 집 뒷마당 삼십 년 넘게 지켜 온
단풍나무
햇볕 한 점 땅 위에 떨어지지 않게
푸른 잎사귀 활짝 펼쳐
한여름 뙤약볕 농삿일에 지친 마을 사람들
땀방울 식혀 주었네.

떨어지는 잎 쓸기 힘들다고
투덜대던 옆집 아저씨
단풍잎 무성한 우듬지 모두 잘라 내고
중동까지 아예 베어 내
고향집 도착해서 제일 먼저 보게 된
단풍나무 앙상한 맨몸

올봄에는 행여 움이 텄으려나
연초록색 움의 기운 찾으려고
눈에 불을 켜건만 올해도 찾아내지 못했네.

삼백 년을 살아야 할 단풍나무,
삼십 년을 살다 갔지만
그 공덕 잊지 않고
남은 둥치 보듬어 그네 달아야겠네.
손자, 손녀 그네 뛰는 모습 보며
마음 달래야겠네.
두고두고 용서도 빌어야겠네.

광생이네 살구나무

동네에서 제일 맛있는
살구 따 먹으러
조무래기들은 광생이네 텃논 뚝방으로 살금살금
모여들었다.
폐병 환자인 광생이 아버지, 약재로 쓴다며
기를 쓰고 조무래기들을 내쫓았다.

가지마다 하얗게 꽃등 달았다,
노오랗게 살구가 익을 무렵
무논의 올챙이,
살구 떨어지는 소리에 놀라 달아나면
아이들은 개울둑 너머
억새풀 사이로 숨었다.

어느 초여름, 비바람 불고
조롱조롱 잘 익은 살구, 후두두득 떨어지던 날
광생이 아버지, 가슴 움켜쥐고 쿨룩거리며

살구나무 아래 우리를 모아 놓고 말했다.
"남의 물건 도둑질하면 안 된다.
하늘에서 하느님이 보고 있다가 벌을 준단다."

그때부터
우리들은 아무도 살구나무에 손을 대지 않았다.
이듬해 봄 세상 뜬 광생이 아버지, 하늘에서
다 보고만 있을 것 같았다.

고스톱

엄마가 언제부터
고스톱을 치셨는지는 모르지만
엄마와 동네 할머니들은 밤이면
10원짜리 동전을 쩔렁거리며 경로당에 모였다.

1점에 10원씩 하는 고스톱이지만 판을 거듭할수록
엄마 앞에는 동전이
수북이 쌓였다.
이윽고 자정이 되면 고스톱은 끝이 나고
엄마는 딴 돈 전부를,
할머니들에게 나누어 주신다.

방문을 나서는 할머니들 얼굴이 밝다.
"오늘 하루도 참 잘 보냈다."하며
주머니 속에 넣어 놓은 동전을 쩔렁거려 본다.

할머니들의 머리 위에선 서쪽으로 기울어진
달이 빙그레 웃고 있다.

구두를 닦다

광약 듬뿍 발라,
광택이 나도록 문질러야
구두가 살아난다.

어둠을 지우듯 지그시 누르기도 하고
고운 뺨 어루만지듯
가볍게 문질러야 구두가 광이 난다.

구두를 닦는 건 지나온 길을 빛내는 일
구두를 광나게 닦는 건
인생을 광내는 것

나의 미래도
광약 듬뿍 발라
지그시 누르기도 하고
가볍게 문지르기도 해야겠다.

금목걸이

엄마는
닷 돈짜리 금목걸이 하고
장에 가셨다가 잃어버리셨다.

혼자 속앓이하시다가
어느 해, 생신 날
자식들 성화에 털어놓으셨다.
"목걸이 차고 간 내가 잘못이지.
감쪽같이 훔쳐 갔지 뭐냐!"
"쓰리꾼이 따갔구나. 걱정 마. 엄마.
새로 하나 사 드릴 게."
"까짓 목걸이 실컷 차 보았다.
없어도 괜찮다."고 하시는데,
눈가에 설핏 아쉬운 빛 스쳐간다.

차일피일 미루다가 목걸이 못 사 드리고
돌아가신 뒤에야

가슴을 친다.
엄마는 쓰리꾼보다 자식들을
더 원망했을지도 모른다.

나를 들여다본다

이 병원 저 병원 찾아다니다,
헛걸음하고 돌아와 누운 밤
내 몸 어디에 병마가 숨었는지
얼마나 더 큰 고통이 남았는지
언제쯤 죽음을 이끌고 올 것인지
이 생각 저 생각에 뜬눈으로 밤을 지샜다.

'병마가 모질다 하지만,
언젠가는
죽음이, 병마로부터 ,
또 언젠가는 죽음의 공포로부터
나를 해방시켜 주겠지.'하고 생각하니
죽음이 두렵지 않다.

새벽을 향하여 흐르고 있는,
병원 가기 전날 밤 생각.
황금 빛 미래를 내다보지만

보이는 것은 '지금'뿐

내일은 어떤 표정으로 병원 문 들어설까?
태연한 표정 지을 수 있을까?
화장대 앞에 서서
거울 속 나를 가만히 들여다본다.

그리움

눈에 눈물이 스며들면
더 잘 뭉쳐진다.
젊은 시절,
내 그리움의 눈물
진눈깨비 되어 내리면
내 그대 사랑하는 마음 뭉쳐졌을까?

나무들, 벌레를 사랑하다

숲속 벌레들
너나없이 바쁘다.

나뭇잎 잘게 잘라 오물거리고
나무 둥치에 달라붙어 수액을 빨고
가지에 집 지어 새끼 키우고
뿌리 사이사이 애벌레들 재우고

그래도 나무들 역정 한 번 내지 않는다.
주고 또 주고 죽어서도 주는 나무들

비 그친 아침 숲속.
나무들, 잎새마다
빗방울같이 맑은
마음을 달아 놨다.

제2부

봉분 없는 무덤

느티나무

뒷마당 돌축대 틈에
애써 얼굴 내민
어린 느티나무 하나.

좋은 자리 찾아 옮겨 줄까 하고
살짝살짝 힘주어 당겨 보았으나
깊숙이 뿌리 내려 꼼짝도 하지 않았다.

수시로 물 주고,
고운 흙 퍼다 북돋아 주고,
주위에 잡초도 뽑아 주며
정성껏 가꾸었다.

십여 년이 지난 지금은
키 두 배 넘게 자라도록
돌축대 모양에 맞춰
자기 몸을 변형시켜서까지

악착같이 키웠다.

나무 그늘 평상에 누워
무성한 잎새에 이는 바람의 무늬
마음 여기저기에 그려 본다.

달밤

사십여 년 전
대보름 사나흘 앞둔
오늘 같은 밤이었다.

달빛에 비낀
지게 진 아버지 뒤를 따라
쫓기듯 잰걸음으로
산구렁 들어서는 아들 손에
톱 한 자루 쥐여져 있다.

참나무 등걸 토막 내어 지게에 지고
비탈길 내려오다,
엉덩방아 찧으시는 아버지
아들 가슴엔 먹구름 덮여 온다.

먹구름 사이로 나온 달이
서로 지게를 지겠다는 부자를

애틋하게 내려다본다.

'네 마음 내 다 알지'

달빛 하얗게 부서진다.

도깨비풀

참깨 털러 갔다가
바짓가랭이에 도깨비바늘 잔뜩 붙여 왔다.
손으로 떼어 내려고 해도 악착같이 달라붙어
떨어지지 않는다.

도깨비바늘 무성한 풀섶 헤치고
앞장 서시던 엄마,
참깻단 거꾸로 들고
장단 맞춰 두들기고
키로 까불고, 치로 쳐서
티껍 걷어 내는 사이,
해는 저물고
엄마 이마엔
땀방울이 송글송글

그때, 그 풍경 도깨비바늘처럼
기억 속에 달라붙어

떨어질 줄 모른다.

지금도 잊혀지지 않는 참깨밭 풍경

돈

꿈을 이루어 주기도 하고
앗아가기도 한다.
행복을 주기도 하고
나락에 떨어뜨리기도 한다.
세상을 살아가는 데 필요한
온갖 것들을 해결해 준다.

할아버지 집에 놀러와
만화 영화를 보고 있는 손자들의 방문을 와락 열었을 때
흠칫 놀라는 손자가 있었다.
"할아버지, 이 지갑 가져도 돼요?"
"안 된다." "왜요?" "그건 할아버지 거니까."
손자의 귀에 대고
나는 아주 작은 목소리로 말했다.
"○○아, 오늘 있었던 일은 우리 둘이만 알고 있는 거다.
앞으로 절대 남의 물건에 손대서는 안 된다."

할아버지 꾸중에 고개만 끄덕이는 손자의 손에

나는 동전 지갑을 통째로 쥐여 주었다.

'저도 필요해서 가지려고 했겠지'

뜨거운 눈물

"아이고 이놈아, 넌 나 죽으면
뜨거운 눈물 많이 흘릴 거다."
나와 오래 눈을 맞추다,
마침내 입을 열어 하시던 말씀

'자식 이기는 부모 없다'는 말을 이용하여
감기나 배탈에도 호들갑을 떨며, 어머니 걱정하게 한
불효
동네 아이들 얼음판에 모아 놓고 싸움 시켜
어머니를 부끄럽게 한 불효
도박에 손을 대었다, 대학 등록금 날리고
어머니, 피눈물 흘리게 한,
불효

그렇게도 어머니 속을 썩혀 드리다,
돌아가시고 나서 쏟은,
동구 밖까지 배웅 나오시던 어머니 보이지 않아 흘리던,

눈물
뜨거운 눈물

눈만 감으면 현현顯現하시던 꿈속의 어머니
생전生前 그 말씀 들리는 듯하나
아무리 눈을 감아도 눈 마주칠 어머니는 아니 계시다.

로봇 청소기

청소기 켜 놓고 TV를 보는데
청소기, 엔진 소리를 높이면서
빨래 건조대 받침대를
가뿐히 넘어간다.

어제만 해도 청소기는 받침대를 넘지 못하고
똑같은 동작을 고집스레 반복하거나 일찌감치 포기하고
다른 곳을 찾아가곤 했다.

어제 넘어가지 못한 걸 오늘 할 수 있는 건 청소기 혼자
학습하는 능력이 생겼기 때문이리라.

미래의 인간은 청소기와 몸이 바뀌어
청소기는 소파에 앉아서 TV를 보고
인간은 쉴 새 없이 청소만 하는 것 아닐까?
그러다 몸에 이상이 생겨
전자제품 병원에 AS 받으러 다니게 되는 건 아닐까?

아니, 그런 세상 정말 올지도 모른다.

그때까지 살기나 해 보자.

전철 안에서

퇴근 길 전철 안,
사연 가득 멘 어깨 무겁고
삶의 고단함 묻어나는 얼굴들,
공허한 눈빛들 허공에 떠 있다.

밀고 밀리다 몸 가누지 못해
이미 잡고 있는 손잡이에 손 얹었을 때,
앞서 잡고 있던 사람, 얼른 손을 빼며
손잡이 양보한다.
이럴 때 손잡이 양보하는 것
얼마나 고마운 양보인가?

경로석에 앉아 딴전 피는 젊은이들이,
이미 낯설지 않은 세상.
질서 지킬 줄 모르는 사람들 가슴엔
빨간 불 하나씩 달아 주고 싶다.

언젠가 또 다른 만원 열차에서
손잡이 양보한 사람 만날 수 있을까?
그때 진, 마음의 빚 갚을 수 있을까?

눈길

아득한 내 젊음의 시간에서 날아왔을지도 모르는,
분분히 내리는 눈.
깊어가는 밤 한때
그대 생각하며 눈길을 걷는다.

가로등 밑,
눈송이들 군무 속,
피어나는 그대 얼굴
수만 송이 그리움 되어 눈은 쌓인다.

이제금 내린 눈은
어느 미래에
또 만나게 될까?
그대 향한 그리움의 까만 밤을
하얗게 설레며 지새운다.

홀로 서 있는 그림자가 길다.

매미, 어머니, 오동나무

고향집 개울둑, 노을 비끼는 오동나무 한 그루
해마다 이맘때면 매미들의 공연장
음정, 박자 다 틀려도 웬 목청은 그리 큰지

매미 잡으러 오동나무 올랐다, 옻이 올라
어머니 날 발가벗겨 부뚜막 위, 세워 놓고
밀짚 한 움큼 태워, 숯검뎅이 빗자루 만들어서
내 온몸 샅샅이 쓸어내려 주셨네
옻독 오른 두드러기 씻은 듯 낫게 하셨네

매미는 무슨 설운 사연 있어 저리 요란스레 울어대나
어머니 그리는 마음, 오동잎 잎새마다 붉게 타는데
서산에 지는 해 오동잎에 걸려 꼼짝을 못하는데

멸치 국수

공릉동, 멸치국수로 소문 난 집.
손님들 발길이 끊이지 않아
줄을 서지 않고는 차례가 오지 않는다.

어느 날, 모자母子가 들어와 한 그릇씩 놓고 먹는데
아들은 채 십 분도 안 돼 후딱 해치우고
어머니 국수 드시는 모습을 바라보다,
"어머니 국수 맛있지? 한 그릇 더 드실래?" 했다.
"국수 맛이 참 시원하고 좋구나. 근데 네 국수 그릇
은 왜 양이 적어 보이니? 네가 내 것 좀 더 먹어라." 하
며 국수 그릇을 밀어 놓았지만 아들은
"어머니, 나는 벌써 다 먹었잖아. 어머니나 더 드셔."
하며 다시 어머니 앞으로 밀어 놓았다.

이렇게 국수 반 그릇을 놓고 밀고 밀리기를 거듭하
던 모자는
결국 국수 한 그릇을 더 시켰다.

나 밥 먹는 모습은 보고만 있어도
저절로 배가 불러지신다던 어머니가
오늘따라 더 보고 싶다.

벌초

언제부터일까?
부모 자식 사이 생겨나
사랑의 역사 시작된 것은.
부모가 죽으면 매장하고
무덤 위에 난 풀 깎기 시작한 것은.

자식이 자식을 낳아 부모가 되고
또 그 자식도 자식을 낳아 부모가 되면
자식은 부모의 무덤을 돌보아왔다.

추석이 내일 모레,
하늘은 높고 햇볕은 따가우나
일가권속 다 모이니 벌초꾼들 훈훈하다.
칡덩굴 길게 뻗어 제철을 넘나들고
억새풀 봉분 위에 버티고 앉아 거들먹거리지만
예초기 칼날에 초개처럼 스러진다.

부모 사랑 받기만 하고 갚지 못해
생전에 진 사랑 빚 벌초로 갚으려 하나
하늘 같은 부모 사랑 어찌 다 갚을 수 있으랴.

하늘은 점점 높아만 간다.

병病과 함께 사는 법

놈이 언제부터 내 몸에 들어와 살기 시작했는지,
어느 날 소리 소문 없이 다가와 함께 살자고 했다.
겨울 한나절 햇볕같이 짧은 인생
무얼 그리 아등바등 사느냐고,
그냥 신나게 살다 죽자고 했다.

먹고 싶은 것이 있으면
먹고 마시고 씹고 삼켰다.
놀고 싶으면 욕망이 다할 때까지
기를 쓰고 놀았다.
놈과 친구가 되어
세월 아까운 줄 모르고 살았다.

난 후회하지 않는다.
욕망의 끝이 두렵지 않다.
인생은 어차피 생로병사의 고해를 건너는 것
놈은 인생길에서 느닷없이 만나게 되는 불청객

그러나 놈은 순순히 물러나지 않는다.
나도 더 이상 물러설 수 없다.

놈과의 사투를 앞두고,
그날이 언제이든
마음에 드는 시 한 편 쓸 수 있는 날까지
악착같이 살아 보기로 했다.

봉분 없는 무덤

동생 무덤 찾아 산을 뒤지는데
다람쥐 한 마리
뽀르르 나타나
두 손을 싹싹 비벼댄다.

다섯 살 내 동생 하얀 꽃상여 타고 가던 날
그때도 저 다람쥐 두 손 모아 빌었을까?

봉분 없이 자식 묻은 엄마의 슬픔
온 산을 적시고
나뭇잎 잎 잎에
바람 조각 몸을 떨 적에
냇물은 가던 걸음 멈추고
머언 하늘 노을 배웅했으리.

그 냇물 흘러 마음 강에 다다라서야 나는 알았다.
봉분 없는 무덤 찾아 산을 헤매는 것은

그리움의 멍울이 자꾸만 커 가기 때문이다.
오십 년이 더 지난 지금도
엄마의 가슴에 잊히지 않기 때문이다.
오십 년 뒤에 다시 오면 그때도
저 다람쥐 뽀르르 나타나
두 손을 싹싹 비벼댈 것 같다.

불암산 능선에 서서

불암산 둘레길,
단풍옷 벗은 나무들
서산 노을 빛에
우두커니 잠겨 있고

낙엽활엽수 우듬지 끝,
꼬옥 매달린 나뭇잎 몇 장
떨어지지 않으려
안간힘을 쓰는데

돌연,
한 줄기 세찬 골바람 불어와
남은 잎새들
데려가려 하네

바람 부는 능선에서 가늠해 보는
내 인생의 만추,

나는 어디로 가야 하나?
바람 불어가는 쪽?
바람 불어오는 쪽?

골바람은 잠시도 한자리 머물지 않고
불어오는데,
불어가는데

미운 나이

전철 안,
경로석에 앉은 노인과 그 옆에 선 노인이
갑자기 설전을 벌인다.
앉아 있는 노인은 서 있는 노인보다 조금 젊어 보인다.
아마도 좌석을 서로 차지하려고 시비가 붙었나 보다.

처음엔 작은 소리로,
어느 순간, 욕설이 오가고 주먹다짐하기 직전,
중년 신사 한 분, 우렁우렁한 목소리로 일갈一喝했다.
"에이, 거기 좀 조용히들 하쇼. 왜 전철 안에서 싸우고
야단들이오. 어린애들같이."
두 노인 창피했는지 금세 잠잠해졌다.

나이 들면 어린애 된다더니
어린애같은 노인네를 적잖게 본다.
노인끼리도 자리를 양보할 줄 아는 노인,
자리를 양보해도 사양할 줄 아는 노인
배려심 많은 노인이 되었으면 좋겠다.

제3부

소년의 꿈

비 오는 날

하굣길
옥이와 내가 가로수 밑에서 비를 그을 때
엄마가 우산을 가져오셨다.

옥이랑 나랑 한 우산 쓰고
엄마는 다른 우산 쓰고,
동네 갈림길에서
엄마는 옥이에게 내 우산을 들려 주셨다.

집에 가는 내내
옥이 생각으로
가슴에 봉숭아 물이 들었다.

그해 가을,
햇밤 한 주먹 쥐여 주고
전학 간 옥이,
다시 볼 수 없었다.

오늘처럼 비 오는 날,
옥이도 머리 하얗게 세고 얼굴에 주름진
할머니 되었을 텐데
나처럼 우산 밖으로 손 내밀며
비를 받고 있을까?

빗소리

초등학교 1학년 때 담임 선생님,
장티푸스에 걸려
청각 잃고 필담筆談으로
대화할 수밖에 없게 되셨는데

동문회 날 선생님을 모셨다.
"선생님, 요즈음 어떻게 지내시는지요?"
내가 안부를 묻자 선생님은,
"자네야말로 어떻게 지내는가? 마음을 항상 즐겁게 먹고
긍정적으로 받아들여라. 시 공부도 열심히 하고."
5년째 파킨슨 병으로 투병하고 있는 나를 더 걱정해 주셨다.

선생님께서는 그날 온 제자들과 일일이 대화하려고 애 쓰셨으나
얘기할 시간이 모자라자 무척 안타까워하셨다.

동문회가 끝나고, 선생님과 모두 헤어져야 할 시간,
누군가의 선창으로 '스승의 은혜'를 부르기 시작했는데
때마침 차창에 부서지는 빗소리가 반주를 넣었다.
점점 더 커져가는 빗소리 따라 우리들 노랫소리도 커져
가고,
선생님 얼굴에는 조롱조롱 물방울이 맺혀 굴러 내렸다.

"선생님, 내년에 또 뵈어요."
우리들의 간곡한 작별 인사에 묻어나는 빗소리를
선생님은 가슴으로 들으시겠지?

산다는 건

산다는 건
외로운 싸움
이길 때 빛 가운데, 환호하고
지고 나서 어둠 속, 아파하는 것
어둠의 긴 터널에서
한 줄기 빛 만들어가는 것

산다는 건
큰 어둠 맞서
작은 빛 향해 두려움 없이 나아가는 것
허나,
터널 끝에 도사리고 있는
죽음의 공포에 힘들어 하는 것

산다는 건
가야 할 인연 보내고
새로이 찾아올 인연 위해

마음 비워 두는 것

끊임없이 만나고 헤어지며

가야 할 길 미련없이 떠나는 것

상근이 형

두 살 위, 포항 사는 상근이 형
작년 정월, 큰 수술하고,
같은 병실에 입원해 얼굴 익히고
세상 사는 이야기 나누다 보니
동병상련, 애틋한 정 들었다.

퇴원할 땐,
"이번에 나가면 건강 관리 잘해서, 다시는 병원 오지
말그래이."
다짐받고, 전화번호 주고받고
"내 전화할 끼구마."
다짐하던 상근 형

엊그제, 전화해서
한풀 꺾인 목소리로 살짝 떨며 하는 말,
"조직검사를 해 봐야 한다는데 의사 시키는 대로 해
야지, 안 그렇나?"

"아, 그럼요. 살려고 하는 건데 하라는 대로 해야죠."
대답하는 내 목소리도 갈라진다.

성미 급한 상근이 형 이미 끊은 전화기에 대고
'하나님께 열심히 기도하세요. 저도 기도할 게요.'
하나님! 상근이 형 살려주세요.
간절한 마음 거듭 전한다.

빨랫줄과 바지랑대

손가락 아리도록 시린 한겨울에도
엄마는 동네 개울에 나가 빨래를 하셨다.
때에 찌든 옷가지들 치대고 두드리고 헹구어
빨래처럼 말간 얼굴로 돌아오셨다.

마당 가로질러 길게 늘어뜨린 빨랫줄
목을 매기도 하고 몸통을 반 접어 걸치기도 하고
다리를 거꾸로 매달기도 한 옷가지들
바지랑대로 밀어 올려 받쳐 주면
빨래에서 떨어지는 물이 엄마의 땀방울 같았다.

돌아가시기 전, 입원했던 병실에서
"얘야, 시골집 마당에 빨랫줄 좀 다시 매어 다오."
엄마의 간절한 부탁을 나는 들어 드렸지만
엄마는 끝내 빨래를 다시 못하셨다.

햇살 좋은 날 빨래 널고 바지랑대 높이 받치시며
흡족해 하시던, 보고픈 엄마.

소년의 꿈

덩굴손 멀리 뻗어야
꽃 피우고
잘 생긴 오이를 맺지.

여기저기 팔 뻗어
옆에 사는 고추 대궁 감아쥐고,
더 쥘 것이 없자 허공을 감아쥐기도 하더니

나뭇가지 다부지게 감아쥐고
있는 힘 다해 꽃을 피웠구나

내 덩굴손,
담장 너머 순이 마음
언제나 감아쥘까?

아버지의 가방 (1)

장롱에서 나온
빛 바랜 가죽 가방.

아버지는 가방 속에
땅 문서나 가첩 같은 중요한 서류 뭉치, 앨범,
우리 사 남매 성적표, 상장, 표창장들을
정리해 장롱 깊숙이 보관해 두셨다.

아버지의 정리벽整理癖은
무언의 독려요, 응원이요, 가족사였다.

아버지 생신날 딸들이 이구동성으로 말했다.
"아버지 얼굴 좀 펴고 사세요. 맨날 근엄한 표정만
지으시면
일찍 돌아가신대요."
그 후로도 아버지의 표정은 쉽게 바뀌지 않았지만
말씀은 많이 부드러워지셨다.

아버지 돌아가신 지 올해로 37년째

사진 속 아버지는 팔짱을 끼고 먼 곳을 응시하고 있다.

우리 사 남매의 이력을 담은 가방을 바라보시는 걸까?

아버지의 가방 (2)

1988년 늦은 봄,
아버지는 나를 불러 앉혀 놓고
가방 속 앨범을 보여주셨다.

"내가 다니던 일본 관서공업학교 담임 선생님이시다.
선생님은 공부를 못한다고 회초리를 대지는 않으셨지만,
공부하는 태도가 바르지 못한 것은 용서하지 않으셨다.
아버지의 마지막 말씀은, 학생들은 사랑과 용서로
가르쳐야 한다."는 것이었다.

뜻밖의 말씀이었다. '일본에서 배워 온 것이 회초리로
때리는 것뿐인가?'라고 할 정도로 매를 자주 드시던 아버
지로선 큰 뜻밖이셨다. 그동안 연세도 많아지시고 자식들
한테서도 때리지 마시라는 말씀을 자주 듣게 되는 상황에
서 아버지의 변신은 필연적인 것인지도 모른다.

어제인 듯, 오늘인 듯 귓가에 남아 있는 그때 아버지 말씀

사랑과 용서

　돌이켜 보면 학생들 가르치며 얼마나 많은 사랑을
실천했던가?

　인생은 어느덧 황혼길에 들었는데,

　노을지는 내 인생의 강물엔 후회 같은 흰구름이

　남실대며 흐르고 있다.

아버지의 겨울

겨울밤,
아버지는 아슴한 호롱불
심지 돋우고
달이 서쪽 하늘에 기울도록
가마니를 짜셨다.

문풍지 흔들며
고샅을 달음질하는 바람,
아무리 맵게 울어도
어린 막내아들 가슴에 묻은 아버지,
속으로 아픔 삼키고
눈물 보이지 않으셨다.

질화로에 사위어가는 숯덩이, 한데 모아,
불씨 살리고
이따금씩 내리치는 바디 소리.
창호지에 어리는,

아버지 그림자.

아버지는 밤 깊도록 버티고 앉아

가마니를 짜셨다.

아버지의 회초리

아버지 구두가 멋져 보이던 여덟 살 무렵,
소담스레 눈은 내리고
'따각따각 뽀드득뽀드득'
나는 아버지 구두 신고
온 동네 눈 다 밟을 듯 쏘다녔다.

눈에 불어 터진 구두와 나를 번갈아 노려보시던 아버지
'싸리나무 가지 하나 꺾어 오너라.' 불호령 떨어지고
이내 허공을 가르는 회초리
종아리에 시퍼런 멍 자국 남기고
뇌리 속엔 잊지 못할 기억 새겨 주셨다.

철 없던 어린 아들 용서할 수도 있었을 텐데.
짠한 마음 억누르며
아들의 여린 종아리 내리치셨을,
지금의 내 나이 정도 아버지의 심정 헤아려 본다.

햇살 따스한 겨울 아침

그때처럼 눈이 펑펑 왔으면……

아버지께 새 구두 한 켤레 사 드렸을 텐데……

아빠 눈사람

가족 단톡방에 올라온
열 살짜리 손녀 그림,
배불뚝이 눈사람 하나
덩그러니 그려 놓고
제 이름 꾹꾹 눌러 써 놓았다

누가 봐도
제 아빠 배 나온 것을
본 대로 그린 그림

딸 바보 애비,
알아서 살 좀 빼면
얼마나 좋으랴?
걱정하는 식구들 마음
빗대어 그렸으리

아파트 놀이터,

엊그제 세워 둔 눈사람은
그새 살이 홀쭉 빠졌던데
손녀 그림 배불뚝이는
볼수록 더 불러만 온다.

엄마의 손목시계

엄마 생각에 깊어가는 밤
화장대 서랍 속,
십 년째 빈자리 지키고 있는,
손목시계 하나.

엄마 돌아가시기 전까지 엄마 손목에서
엄마의 시간 꼼꼼히 챙겨 주다,
엄마 돌아가신 뒤로는
서랍 속에서,
혼자 째깍거리다,
멈춰 선,
내 손목엔 들어가지 않는,
시계

엄마 살아계실 적, 늘 하시던 말씀.
'시간 잘 지켜
일할 땐 마음으로 하고,

쉴 땐 몸으로 하라.'

환영인 양
손바닥 위에서
다시 돌아가는 엄마의 손목시계.

엄마의 계단

서울 아들 집 들어서며
늘상 하시던 엄마 말씀,
"아이고, 가이단 오르기 힘들어
이젠 못 오겠다."

한 손으론 난간 잡고, 다른 손으론 무릎 짚고
다리에 힘주어 간신히 오르시던 엄마
운동회 땐 내 손 잡고 나는 듯 달리셨는데

내게도 세월이 쌓여
때때로 지하철 고장 난 에스컬레이터 앞에 서면
문득 들려오는 엄마의 당부
'얘야, 한 계단씩 천천히 밟고 오르거라.'

인생이 계단을 오르내리는 고해라면
계단을 다 내려선, 내생의 엄마는
어디서 날 보고 계실까?

옛날 과자

월급날, 아버지
손에 들려 왔던 누런 봉투 속
쌤베, 젤리, 강정, 약과

오늘은 동묘역, 길모퉁이
손수레 유리 진열대에서 만났다.

코흘리개 시절 맛있게 먹었던,
그 과자
비닐 봉투에 골고루 담아 들고

이 저녁,
아버지 닮은 초로의 내가
아이들이 기다리는 집으로 간다.

인수봉 소나무

인수봉 정상에
오르기 위해서 거쳐야 하는,
키 작은 소나무

깎아지른 바위 틈새에
뿌리 박고.
등반객들의 생명을 지켜주는,
믿음직스런 천연 확보물

굵은 땀방울 흘리며 기어오른 등반객들,
뿌리에 비너로 족쇄 채우고
둥치에는 스링 줄 걸고
가쁜 숨 몰아쉬다, 홀연히 떠나건만
소나무, 불평 한마디 없다.

바위 골짜기 고루
솔 향기 퍼뜨리는 소나무여!

현생에서는 한자리에 붙박혀

선업 많이 쌓았으니

내생에서는 새鳥로 태어나

창공을 마음껏 날아다니렴.

오해

꽃잎에 나비 앉으려 할 때
바람 살랑 불어 꽃잎 흔들면
오해할 수도 있겠다.
'꽃은 나를 사랑하지 않는구나'

꽃이 바람에 향기 실어 보내지만
나비 찾아오지 않으면
오해할 수도 있겠다.
'나비는 나를 사랑하지 않는구나'

살다 보면 오해는 미움을 낳고,
사랑의 열쇠 망가뜨릴 수도 있지만

꽃이 나비를 사랑하여
바람에 향기 실어 자꾸자꾸 불어대면
나비, 마침내 아니 올 리 없으리.

제4부

코스모스 사랑

자전거 타는 법

초등학교 2학년 때
아버지께서 가르쳐 주신 대로
자전거를 탄다.

핸들을 잡고
마당에 그려놓은 '8'자 따라 자전거를 끌고 걷다가
속도가 붙으면 왼발을 페달 위에 올려놓고 오른발로
땅을 차서 앞으로 밀어내는 동작을 여러 번 반복하라
하셨다.

툭하면 자전거와 부딪혀서 다리에 상처내고 쓰러지
더라도
일어나고 또 일어나 연습하다 보면
능숙하게 핸들을 조작할 수 있게 된다.

쓰러지지 않으려면
쓰러지려는 쪽으로
핸들을 돌려라.

"호랑이 어미는 새끼들을 절벽 아래로

　떨어뜨렸다가 살아 돌아오는 새끼에게만 젖을 물려

키운단다."

　아버지께서 들려주시던 말씀

　지금도 귓가에 쟁쟁하다.

진달래꽃

진달래꽃 타는 산 너머
골짜기에
문둥이들이 산다고 했다.

조무래기들,
무서운 이야기를 지어가며 산모롱이 돌았을 때
진짜 문둥이들과 맞닥뜨렸다.

달아나려 해도 오금이 저려 헛걸음질만 해대는데
"아이고, 이놈들 잡아 먹자!" 하며 쫓아오는 문둥이
한테 쫓겨
조무래기들, '으앙으앙' 울면서
달리다 고꾸라지고 고꾸라지면 일어나 또 달렸다.

한참을 달리다 돌아보니 문둥이들 낄낄대며
맨 뒤에 처진 창봉이에게
"얘야, 안 잡아 먹을 게. 신발은 신고 가거라."

하고 아무 일 없었다는 듯,
터벅터벅 석양 속으로 걸어 들어갔다.

진달래꽃 타는 봄이 오면
지금도 그때 일이 문득문득 찾아온다.

잘려지는 것도 크는 것

나무는 하늘 향해 곧추 솟구쳐
햇볕 사랑 받고 싶겠지만
어찌 다 뜻대로 살 수 있으랴?

가지 좀 잘렸다고 슬퍼 마라 소나무야.
전지 가위 지나간 몸에 흐르는, 하얀 피,
아픈 상처로 남겠지만
세상을 맑게 하는, 푸른 솔 향기 나지 않느냐?
인간의 뜻에 맞춰 살다 보면
여기 잘리고, 저기 잘리고
옹이도 많겠지만
그래도 다시 움을 틔우는 것이
네 필생의 업이요, 운명이다.

잘려지는 것도 크는 것이다.

참기름

시골 친구 집 놀러 갔다
떠나올 때 병운이가 들려 준,
참기름 한 병.

작은 병이지만
냄새만큼은 고소해
냉장고 문 열 때마다
병운이 생각나게 한다.

"요즘 중국산 참기름도 쌌다더라."
배웅하며 병운이 하는 말, 속에 담긴 확신.
'우리의 우정에 가짜는 없어.'

시간이 가고,
참기름병 바닥 났지만
참기름 잘 먹고 있다고
술 한 병 보내야지.

참외 씨 하나

"와, 대박이다." 고향집에 도착하자
아들은 어린애처럼 환호했다.
"참외 씨 하나가 참외 몇 개를 만들어 낸 거냐?"

아마도 포도나무 거름 줄 때 퇴비 속에 묻어 들어와
싹을 틔웠을 것이다.
노오란 꽃을 단 참외 줄기 둘이
보란 듯이 허리를 곧추세우고 있다.

그중 한 포기는 옮겨 심고,
다른 포기는 그대로 두었다.
한 달 만에 와 보니 옮겨 심은 것은 말라 죽고
그대로 둔 것은 힘차게 자라.

덩굴은
장독대로, 울타리 너머로 뻗어
굵은 씨알을 달고,

마지막 단맛을 돋우려
뜨거운 태양 아래 엎드려 있다.

말라 죽은 포기를 보면서
생각이 많아진다.
난 대로 그냥 둘 걸 그랬나?

친구 생각

- 죽마고우 죽음에 부쳐

친구야
너는 이승에서 지은 모든 인연,
사무치는 병고,
난마같이 얽힌 오해와 갈등 모두 털어 버리고
앙상히 남은 육신마저 태우고
홀로 먼 길 떠났구나.

새매 새끼 잡으러 오르내리던
앞산 중턱, 늙은 소나무는 아직 잘 있을까?
너를 묻고 하산하는 길
난 수없이 하늘을 올려다보았다.

인생은 때로 아름답고 무상한 것
너와 둘도 없는 이웃으로 살았지만
칠십 평생, 영겁의 시간 속에 점 하나 찍었구나.

너는 내가 고향집을 갈라치면

용케도 알고 나와, 나를 반겨 주었는데

동구 밖, 느티나무 잎새 한 잎 떨어져도

이제 넌 줄 알겠다.

평상 만들기

오랜 시간을 꿈꿔 왔다.
평상에 마지막 못을 박고 마무리 짓고 나서야 아들은
"아이고, 힘들다. 한번 누워 보세요. 아버지."
평상 위에 대자로 드러눕기를 권한다.

"어이 시원하다. 진즉 평상을 놓았어야 하는데" 하며
아들 옆에 눕는다.

개울 가까운 곳에 자리 잡은 우리집은 대문 활짝 열고
멍석을 깔아 놓아,
동네 사람들 수시로 드나들며 쉬어 가곤 했다.

"지금쯤 할머니, 할아버지도 땀 식히려
우리 곁에 누워 있는지도 모르죠?
바람이 살랑살랑 불어오면 대문 문지방을 베개 삼아
스르르 잠이 들곤 하셨는데……."

나는 일어나 아들의 평상같이 넓직한 등판을 쓸어
주었다.

"고맙다. 아들아."

통나무 의자

고향집 단풍나무 고사목,
동강 내어 다듬으니
그럴듯한 통나무 의자 되었다.

안마당 소나무 그늘에 의자 넷
둥그렇게 앉혀 놓고
한참 동안 그 위에 앉아
푸른 시절 단풍나무 그려 본다.

꽃 주위 잉잉대며 날던
꿀벌들의 날갯짓 소리,
먹구름 하늘 비질하던
우듬지 푸른 머리,
단풍나무 열매 쪼려고
이 가지 저 가지 널뛰듯 날아들던 참새들.

때때로 고향집 가면
내 젊은 시절 추억을 깔고 앉은 의자들,
온몸으로 반겨준다.

폐지 줍는 할머니

차들이 꼬리를 물고 얽혀 있는
공릉동 사거리
도로 한가운데 애써 모은 종이 박스
널브러뜨린 할머니,
허겁지겁 손수레에 다시 쌓는다.

버스 운전사 묵묵히 기다리고
행인들, 하나둘 달려들어 순식간에 옮겨 싣자
할머니, 건널목 건너더니
운전사에게 고맙다는 손짓한다.

운전사도 할머니께 손 흔들며
천천히 액셀을 밟는다.

손수레 끌고
가파른 골목을 오르는 할머니,
석양빛 받아,
그림자,
홀로 길게 늘어뜨리고 간다.

포도알 눈물

앞마당 우물가 포도 덩굴 받침대에
이제 막 농익은 포도송이와
단내 맡고 날아온 벌들을 보면
어머니가 생각난다.

중환자실 하얀 시트 위, 어머니는
야윈 어깨 들먹이며
포도알보다 더 커다란 눈물을 흘리셨다.
어머니의 눈물은
내게 준 마지막 선물

그리운 눈길 들어
'어머니, 포도 한 송이 따 드셔 봐'
가만히 엄마에게 권해 봐도
툭
포도송이 떨어지는 소리만
들려올 뿐
어머니는 말이 없다.

코스모스 사랑

흙먼지 날리는 신작로
코스모스 줄지어 피고
긴 목 한들거릴 때마다
소녀, 단발머리 나풀거리며
한 발 한 발 내게로 다가왔다.

신작로엔 아스팔트 깔리고
코스모스 여전히 피어 한들거리건만,
아무리 기다려도
소녀는 오지 않네.

그때 그 소녀
이젠 어디서 무얼 할까?
내 앞을 지나쳐
얼마나 멀리 갔을까?
거리를 가늠해 본다.

할머니 손 약손

여섯 살 때, 김장하던 날,
오른손 검지 손가락이 곪아 터졌다.
할머니, 어머니, 고모, 큰누나, 이웃집 아줌마까지 둘러
앉아 김장을 하는, 안마당에 대고 오른손을 흔들며 울어댔
지만 누구 하나 선뜻 나서는 사람이 없었다.

상황을 지켜보던 할머니가 자리에서 일어나
"손자야, 엄마한테 가그래이. 엄마가 안 아프게 해줄 끼다."
그러자 엄마가 이어서 말했다.
"아들아, 할머니한테 가그래이."

그제서야 할머니는 나를 불러
생손 앓는 손을 살피시더니,
호박씨를 한 주먹 가져다가 씹어서 죽처럼 만든 다음에
손가락에 덕지덕지 붙이고 꺼즈를 둘둘 말아 고정시켰다.

그 후로 나는 할머니의 치료법을 신기하게 여겨, 몸이

조금만 아파도 할머니께 달려가곤 했다.

　나는 요즈음 몹시 심한 변비증이 생겨나 고생이 심하다.

　할머니 살아 계셨다면 '까짓것, 변비쯤이야.'하고 신묘한 처방으로 해결하셨을 텐데…….

　할머니가 몹시 보고 싶다.

해순이

전교 꼴등 해순이와 일등 연우가
학급 반장 선거에서 맞붙었는데 해순이가 1차 선거
에서 당선이 되었다.

반 분위기가 걱정이 된 나는 곧바로 교무실로 갔다.
"성적이 전교 꼴등인데 반장을 한다고 하면 누구라
도 웃지 않겠어요? 재투표를 하세요."

학생부장이 전해 주는 "학생회 임원 자격 규정집"엔
성적이 전교 석차 15% 안에 들어야 한다고 명시되어
있었다.
방과 후 해순이를 상담실로 불러 반장이 될 수 없는
이유를 설명해 주었더니, 눈물을 훔치며 교무실을 뛰
쳐나간 해순이는
다시는 내 앞에 나타나지 않았다. 어쩌다 눈을 마주
쳐도
눈을 흘기며 달아나곤 했다.

"해순이에게 단 한 달이라도 반장을 시켜줄 걸 그랬다.

그렇게도 반장을 하고 싶은 네 꿈을 짓밟은,

선생님을 용서해 다오, 해순아."

하루살이

늦가을, 저녁
해는 서쪽 하늘 붉게 물들이다,
산 능성이 진홍색 실루엣 남기고 힘겹게 산을 넘는다.

두엄더미, 콩깎지 잔해들 속으로 떼지어 숨어들던
하루살이들, 엄마가 들고 나온
남폿불 둘러싸고 어지러이 춤을 춘다.

하루살이들은
제 몸을 스스로 유리창에 부딪히거나
불에 타 죽어 간다.

어떤 죽음의 의식이 이보다 아름다울 수 있으랴만
할머니는 못다 한 키질하시느라 바쁘셔서,
오늘은 죽지 못하리.
하루만 가지고는 할 일이 너무 많아 내일은 죽지 못하리.
하루살이라고 하루만 살다가 죽을 수는 없으리.

매미 울음소리

고향 마을 둑방길 미루나무
해마다 매미들 찾아와
한낮이 기울도록 울어댔다.

문지방 베개 삼아,
낮잠 드신 할아버지, 코 고는 소리
매미 울음보다 더 크게 뿜어내셨다.

지금 다부지게 울어대는 저 매미
혹여 오십여 년 전
할아버지 단잠 깨우던
그 매미의 후손 아닐까?

미루나무 위에 뜬 흰구름이
매미 울음소리에 붙잡힌 듯
자리를 뜨지 않는다.

인수봉을 처음 오르며

어디를 둘러봐도 사방이 바위로 둘러싸인,
사람의 힘만으로는 발 디딜 수조차 없는,
천 길 화강암으로 곧추세워진 인수봉.

인수봉을 한번 멋지게 오르려고
새벽잠을 설치고 달려온 왕초보 크라이머.
눈앞의 인수봉을 보고는 덜컥 겁이 났다.
나도 모르게 동굴 같은 크랙 속으로
기어들어가고 말았다.

크랙 속에 들어가서는
자기가 진짜 자벌레인 줄만 알고
꽁무니를 머리쪽에 갖다 대고 몸을 길게 늘이고
또 꽁무니를 머리쪽에 갖다 대고 몸을 길게 늘이기를
반복하여
끝내 넓은 동굴에 도착했다.

더 이상 자벌레 흉내를 낼 수 없게 된 자벌레,
인수봉에 두고 약속했다.
'차라리 떨어져 죽을지언정
다시는 자벌레 흉내를 내지 않겠노라고.'

I

그리움의 시적 귀환 그리고 공존의 삶

김병호(시인·협성대 교수)

　한정수 시인의 이번 시집은 유년의 추억과 가족, 특히 어머니와 아버지라는 원형적 존재들에 대한 깊은 그리움을 중심으로 전개된다. 이는 단순히 개인적인 회고를 넘어 시인의 정체성을 형성하고, 한 인간의 성장과 문학적 심미성을 아우르는 핵심적인 기제로 작동한다. 시인은 자신의 내면 깊숙이 자리한 상흔과 영원한 그리움의 대상을 통해 시적 상상력을 끊임없이 자극하고 작품에 다층적인 의미를 부여하면서 『나를 들어다본다』라는 고유한 시적 세계를 구축한다.

　우리 시의 전통에서 어머니에 대한 기억과 향수는

원초적이고 복합적인 상징으로 구현된다. 어머니는 생명의 근원이자 무한한 사랑, 그리고 안식처의 이미지로 시인의 내면에 깊이 각인되는데, 한정수 시인에게도 예외는 아니다. 특히 그에게 어머니란 존재는 세상의 고통으로부터 보호받고, 존재의 의미를 깨닫게 되는 근원적인 힘이다. 시인이 경험했던 전통 사회의 특수한 가부장적 문화와 시대적 고난 속에서, 어머니는 희생과 인고의 상징으로, 가족을 위해 헌신하고 자식을 위해 모든 것을 내어주는, 시인에게 깊은 연민과 동시에 존경심을 불러일으킨다. 어머니에 대한 그리움과 농촌 공동체의 원형적 경험은 한정수 시인에게 시적 상상력과 미학적 형상화의 바탕이 되어, 시의 정서적 깊이를 풍성하게 만든다.

시집을 읽어 보면 알겠지만 이번 시집에서 시인은 육친에 대한 근원적 그리움을 직면하고 이를 시적 언어로 승화시키는 정서적 치유의 과정을 통해 한층 성숙한 자아를 확립한다. 즉 어머니에 대한 향수는 시인에게 '나는 누구인가'라는 근원적인 질문에 대한 답을 찾아가는 통로가 되고 아버지에 대한 뒤늦은 이해는 자기 정체성을 형성하는 하나의 지표가 된다. 그가 지닌 근원적 그리움이 시인 한정수에게 현재를 해석하

고 미래를 그려나가는 강력한 예술적 동력이 되고 있
다는 것을 이 시집이 증명한다.

"아이고 이놈아, 넌 나 죽으면
뜨거운 눈물 많이 흘릴 거다."
나와 오래 눈을 맞추다,
마침내 입을 열어 하시던 말씀

'자식 이기는 부모 없다'는 말을 이용하여
감기나 배탈에도 호들갑을 떨며, 어머니 걱정하게 한
불효
동네 아이들 얼음판에 모아 놓고 싸움시켜
어머니를 부끄럽게 한 불효
도박에 손을 대었다, 대학 등록금 날리고
어머니, 피눈물 흘리게 한,
불효

그렇게도 어머니 속을 썩혀 드리다,
돌아가시고 나서 쏟은,
동구 밖까지 배웅 나오시던 어머니 보이지 않아 흘리던,
눈물
뜨거운 눈물

눈만 감으면 현현顯現하시던 꿈속의 어머니

생전生前 그 말씀 들리는 듯하나

아무리 눈을 감아도 눈 마주칠 어머니는 아니 계시다.

- 「뜨거운 눈물」 전문

"아이고 이놈아, 넌 나 죽으면/뜨거운 눈물 많이 흘
릴 거다"라며 시작하는 도입부는 대단히 강렬하다. 이
시는 어머니의 저주(?) 같은 예언이 현실이 되었을 때,
뒤늦게 터져 나온 후회와 그리움, 그리고 그 안에서
경험하는 정서적 카타르시스의 과정을 생생하게 그려
낸다. 시인은 어머니에 대한 그리움을 통해 독자들에
게 깊은 공감을 불러일으키고, 과거를 회상하며 상실
감을 인지하는 단계를 거쳐, 마침내 감정의 해소와 미
적 승화를 통한 정화의 경험을 선사한다. 어머니의 강
렬한 예언은 독자들의 감정을 즉각적으로 사로잡으
며, 그저 시인 한 사람만의 어머니가 아닌, 언제나 깊
은 사랑으로 자식들을 지켜보는 우리 모두의 보편적
인 어머니를 떠올리게 한다. "옻독 오른 두드러기 씻
은 듯 낫게"(「매미, 어머니, 오동나무」) 하셨던 어머니, "서
울 가서/사람 버려 왔노라며/울다"(「개구리 울음」) 지친
어머니, "일머리 모르고 힘만 믿고 덤비는"(「고추 따기」)
아들과 고추 따기 내기 하던 어머니, "닷 돈짜리 금목걸
이 하고/장에 가셨다가 잃어버리"(「금목걸이」)신 어머니

는 낯설지 않다. 감기나 배탈에 호들갑을 떨고, 동네 아이들을 싸움시켜 부끄럽게 하고, 심지어 도박으로 대학 등록금까지 날려 어머니의 피눈물을 흘리게 한 '나'의 행실도 아주 드물게 여겨지지는 않는다. 그래서 불효에 대한 시인의 고해성사는, 자식이라면 한 번쯤 저질렀을 법한 보편적인 죄송함과 부끄러움으로 확장된다. 이러한 보편성은 독자들 하여금 시적 화자의 경험에 깊이 감정 이입하게 만들고, 자신의 과거와 자신의 어머니에 대해 다시금 돌아보게 한다.

시인은 철없던 시절의 불효를 적나라하게 고백하면서도, 그 배경에 어머니의 깊은 사랑과 희생이 있었음을 잊지 않는다. 그의 과거 회상은 어머니의 부재로 인한 현재의 상실감을 더욱 극명하게 부각시킨다. 어머니가 돌아가시고 나서야 "동구 밖까지 배웅 나오시던 어머니 보이지 않아 흘리던" 눈물은, 과거에 대한 회상과 현재의 상실감 사이의 깨달음을 은유한다. 시인에게 어머니라는 존재가 얼마나 큰 의미였는지를 인식하게 하고, 이로 인해 밀려오는 공허함과 아픔을 적나라하게 극대화하기도 한다.

이때 화자가 흘리는 이 "뜨거운 눈물"은 시 전반에 걸쳐 핵심적인 정서적 장치로 기능한다. 슬픔의 표현을 넘어, 억압되었던 회한과 죄책감, 그리고 그리움이 한꺼번에 쏟아져 나오는 정화의 눈물이다. 시인은 이러한 감정을 "눈만 감으면 현현顯現하시던 꿈속의 어머니"라고 표현하여, 어머니가 더 이상 현실에 존재하지 않지만, 시인의 마음과 기억 속에서는 여전히 생생하게 살아 숨 쉬고 있음을 보여준다. "아무리 눈을 감아도 눈 마주칠 어머니는 아니 계시다"는 고백처럼, 시인에게 어머니 부재의 현실은 한없이 슬프지만, 역설적으로 어머니에 대한 그리움을 내면화하고 정신적으로 승화시키는 계기가 된다. 어머니에 대한 그리움과 불효의 회한이 응축된 감정의 결정체인 "뜨거운 눈물"을 통해 시인은 감정적인 해방을 경험하고 있는 것이다. 연민과 불안, 회한과 그리움의 감정을 순화시키는 정신적 승화 작용이 시인의 무의식 속에 잠재된 마음의 상처를 다스린다. 이렇게 시인이 자기 시를 통해 치유와 위안을 얻는 것처럼, 독자 역시 시인의 뜨거운 눈물에 동참함으로써 내면의 응어리를 해소하고 정서적인 평온을 되찾는 경험을 하기도 한다.

손가락 아리도록 시린 한겨울에도
엄마는 동네 개울에 나가 빨래를 하셨다.

때에 찌든 옷가지들 치대고 두드리고 헹구어
빨래처럼 말간 얼굴로 돌아오셨다.

마당 가로질러 길게 늘어뜨린 빨랫줄
목을 매기도 하고 몸통을 반 접어 걸치기도 하고
다리를 거꾸로 매달기도 한 옷가지들
바지랑대로 밀어 올려 받쳐 주면
빨래에서 떨어지는 물이 엄마의 땀방울 같았다.

돌아가시기 전, 입원했던 병실에서
"얘야, 시골집 마당에 빨랫줄 좀 다시 매어 다오."
엄마의 간절한 부탁을 나는 들어 드렸지만
엄마는 끝내 빨래를 다시 못하셨다.

햇살 좋은 날 빨래 널고 바지랑대 높이 받치시며
흡족해 하시던, 보고픈 엄마.
　　　　　　　　　　　　－「빨랫줄과 바지랑대」 전문

　이 작품 역시 앞서 읽은 「뜨거운 눈물」과 정서적 맥
락을 같이 하고 있다. '빨랫줄'과 '바지랑대'라는 현실
적인 소재가 어머니의 사랑, 희생, 그리고 삶의 지혜
를 상징하는 강력한 매개체로 기능한다. 동시에 어머
니에 대한 개인적인 그리움과 상실감을 넘어, 내면의
정화를 경험하는, 삶의 본질적인 가치를 성찰하게 이

끈다. 이는 한정수 시인만의 고유의 시적 정서와 깊은 미학적 의미를 성취하고 있다는 의미이다. 개인적으로 이 시에서 가장 인상적인 지점은, 시적 화자의 그리움에 깊이 공감하고 감정이입을 경험하도록 유도하는 시인의 태도이다. "손가락 아리도록 시린 한겨울에도/엄마는 동네 개울에 나가 빨래를 하셨다"와 같은 구체적인 묘사는 당시 어머니들의 삶이 지녔던 고단함을 상기시키며, 독자에게 가족을 위해 감수했던 어머니의 무조건적인 희생을 떠올리게 한다. 「뜨거운 눈물」과 비슷한 양상이다. 그리고 이는 곧 어머니의 무한한 사랑에 대한 보편적인 감사의 마음으로 이어진다.

시적 화자는 어머니의 헌신적인 삶을 회상하며 감사와 동시에, 깊은 회한을 느낀다. "얘야, 시골집 마당에 빨랫줄 좀 다시 매어" 달라는 어머니의 마지막 부탁에, 빨랫줄을 새로 매어 드렸지만, 어머니는 끝내 새 빨랫줄에 빨래 한 점 널어 보지 못하시고 돌아가셨다. 그래서 "햇살 좋은 날 빨래 널고 바지랑대 높이 받치시며/흡족해 하시던" 기억 속의 어머니 모습이 더욱 애틋한 그리움의 절정으로 치닫게 된다. 시적 화자가 기억하는 어머니의 평화로운 모습을 통해 시인은 또 다른 위안과 미적 승화를 획득한다. 햇살 좋은 날 바지랑대를 세워 널린 빨래가 바람에 너울거리며 말라 가듯, 시적 화자의 내면도 정화되고 치유되기 때문이다.

빨랫줄과 바지랑대의 상징적 의미는 높은 미학적 완성도도 갖추고 있다. 빨랫줄은 먼 하늘과 시적 화자를 연결하는 길이고, 그 끝에서 가볍게 허공을 받쳐든 바지랑대는 어머니의 삶에 대한 숭고한 상징성을 획득한다. 즉 '바지랑대'는 단순히 빨랫줄을 지탱하는 도구적 소용을 넘어, 어머니의 강인함과 삶의 지혜를 상징하며 시적 화자에게 정신적인 지지대 역할을 한다. 시적 화자는 "목을 매기도 하고 몸통을 반 접어 걸치기도 하고/다리를 거꾸로 매달기도 한 옷가지들"이라는 널려 있는 빨랫줄의 풍경 속에서 가족의 삶과 흔적, 어머니의 고단한 노동과 헌신을 내면화한다. 빨랫줄에 널린 옷가지들은 가족 구성원 각자의 삶의 흔적과 일상이며, 시인은 이를 한 가족의 생생한 삶의 풍경으로 완성도 높게 구현하고 있다.

또한, 시인은 어머니가 가족을 위해 끊임없이 행하는 고된 노동과 희생을 은유적으로 드러내기도 한다. "때에 찌든 옷가지들 치대고 두드리고 헹구어/빨래처럼 말간 얼굴로 돌아"오시던 어머니의 모습은 빨랫줄의 빨래가 햇볕에 마르면서 깨끗해지듯, 어머니의 순수하고 맑은 사랑으로 비유된다. 내면의 때가 씻겨 나가고 정화되는 건조의 시간을 통해, 시인은 보편적 어머니의 이상적인 모습을 투영하고 깊은 애정을 만들어 낸다. 이와 동시에 '바지랑대' 역시 지지와 버팀목, 삶의 지혜와 균형 등을 은유한다. 늘어진 빨랫줄을 받쳐 주는 긴 막대기 바지랑대는 가족을 지탱하고 버티는 어머니의 강인한 존재를 의미하면서, 어려운 상황 속에서 모든 것을 지탱하려는 어머니의 안간힘을 은유한다. 시인은 바지랑대가 빨랫줄의 균형을 잡아 주듯, 삶에서도 현실과 이상의 적절한 조화와 균형이 중요하다는 걸 누구보다 잘 안다. 그래서 시인은 '바지랑대'를 통해 어머니의 강인함과 삶의 지혜가 한 가정의 정신적인 지지대 역할을 해냈음을 말하고 싶어 한다. 어머니의 부재를 인정하면서도 그리움을 통해 삶의 의미를 성찰하고 내면의 평온으로 이어지며 시의 경로를 따라 한정수 시의 깊이와 울림이 더해지고 있다.

아버지 구두가 멋져 보이던 여덟 살 무렵,
소담스레 눈은 내리고

'따각따각 뽀드득뽀드득'
나는 아버지 구두 신고
온 동네 눈 다 밟을 듯 쏘다녔다.

눈에 불어 터진 구두와 나를 번갈아 노려보시던 아버지
'싸리나무 가지 하나 꺾어 오너라.' 불호령 떨어지고
이내 허공을 가르는 회초리
종아리에 시퍼런 멍 자국 남기고
뇌리 속엔 잊지 못할 기억 새겨 주었다.

철 없던 어린 아들 용서할 수도 있었을 텐데.
짠한 마음 억누르며
아들의 여린 종아리 내리치셨을,
지금의 내 나이 정도 아버지의 심정 헤아려 본다.

햇살 따스한 겨울 아침
그때처럼 눈이 펑펑 왔으면……
아버지께 새 구두 한 켤레 사 드렸을 텐데……
— 「아버지의 회초리」 전문

이번에는 아버지에 대한 시를 함께 살펴보자. 어머
니를 제재로 한 시들에 비해 상대적으로 편수는 적지
만 상징적 의미가 뒤지지 않는다. 시 속의 아버지는 일
본의 공업학교를 다니셨고, "조금만 잘못해도/불호령

을 내리시고 회초리로 허공을 가르셨"(「감나무 가지를 올려다 보며」)을 정도로 매를 자주 드시는 편이었지만, "학생들은 사랑과 용서로/가르쳐야 한다"(「아버지의 가방 ⑵」)는 말씀을 해 주시거나 초등학교 2학년 때 자전거를 가르쳐 주시며 "쓰러지지 않으려면/쓰러지려는 쪽으로/핸들을 돌려라"(「자전거 타는 법」)라고 알려주신 속 깊은 인물이다. 「아버지의 회초리」는 단순한 추억의 나열을 넘어, 시간이 흐르며 변화하는 '아버지'라는 존재에 대한 인식과 감정의 성숙을 통해 깊은 그리움을 형상화하고 있다. 어린 시절의 강렬한 기억과 현재 시점의 성찰이 교차하며, 이 시는 보편적인 부자 관계의 본질과 사랑의 의미를 섬세하게 탐색한다. 그리고 '회초리'라는 상징적인 소재를 중심으로 그려지는 아버지의 교육과 그 속에 담긴 사랑, 그리고 뒤늦은 깨달음은 독자에게 깊은 공감과 울림을 선사한다.

이 시에서 아버지에 대한 그리움은 세밀한 감각적 묘사와 심리적 변화를 통해 다층적으로 구축된다. 시에는 "따각따각 뽀드득뽀드득" 발자국 소리가 들리던 "여덟 살 무렵"의 시적 화자가 등장한다. 아버지의 멋진 구두를 신고 눈 위를 뛰어다니던 행복한 기억은, 구두가 망가지자 불호령과 함께 찾아온 회초리의 순

간으로 이어진다. "시퍼런 멍 자국"과 "뇌리 속엔 잊지
못할 기억"으로 각인된 이 장면은 어린 화자에게 두려
움과 아픔이었지만, 동시에 아버지의 존재를 강렬하
게 느끼게 한 결정적인 경험으로 그려진다. 이렇게 감
각적이고 생생한 묘사는 독자를 시적 공간과 감정에
몰입하게 만든다.

그러나 시의 진정한 깊이는 현재 시점에서 아버지
의 마음을 헤아려 보는 시적 화자의 마음에 있다. "지
금의 내 나이 정도 아버지의 심정 헤아려 본다"는 진
술은, 과거에는 이해할 수 없었던 아버지의 엄격함이
사실은 "짠한 마음 억누르며" 아버지로서 자식을 올
바르게 이끌고자 했던 깊은 사랑과 책임감에서 비롯
되었음을 깨닫게 되는 성숙한 화자의 시선을 보여준
다. 이처럼 과거의 경험이 현재의 깨달음을 통해 재해
석되면서, 아버지에 대한 그리움은 단순한 과거 회상
이 아닌, 화자의 자아 성찰과 연결된 더욱 복합적이고
애틋한 감정으로 발전한다. 그리고 "아버지께 새 구두
한 켤레 사 드렸을 텐데……"라는 시적 화자의 미완의
소망은, 이러한 그리움을 더욱 극대화시킨다. 이 시는
아버지를 향한 지극한 사랑과 함께, 이미 지나간 시간
과 다하지 못한 효도에 대한 안타까움이 뒤섞인 비극

적인 아름다움이라고 할 수 있다.

놈이 언제부터 내 몸에 들어와 살기 시작했는지,
어느 날 소리 소문 없이 다가와 함께 살자고 했다.
겨울 한나절 햇볕같이 짧은 인생
무얼 그리 아등바등 사느냐고,
그냥 신나게 살다 죽자고 했다.

먹고 싶은 것이 있으면
먹고 마시고 씹고 삼켰다.
놀고 싶으면 욕망이 다할 때까지
기를 쓰고 놀았다.
놈과 친구가 되어
세월 아까운 줄 모르고 살았다.

난 후회하지 않는다.
욕망의 끝이 두렵지 않다.
인생은 어차피 생로병사의 고해를 건너는 것
놈은 인생길에서 느닷없이 만나게 되는 불청객

그러나 놈은 순순히 물러나지 않는다.
나도 더 이상 물러설 수 없다.

놈과의 사투를 앞두고,

그날이 언제이든

마음에 드는 시 한 편 쓸 수 있는 날까지

악착같이 살아 보기로 했다.

－「병病과 함께 사는 법」 전문

   이 시집에는 육친에 대한 그리움 못지않게 시인 자신에 대한 숭고한 고백과 같은 시들도 다수 배치되어 있다. 자기 삶의 방향을 점검하고 스스로를 성찰하는 자세가 시적 태도로 이어지는 시 속에서, 한정수 시인은 자신의 진솔한 내면을 여과 없이 보여준다. 이를테면 병원 가기 전날 밤의 풍경을 담담하게 펼쳐 놓은 「나를 들여다본다」나 스스로 인생의 만추에 서 있다고 고백하는 「불암산 능선에 서서」, 동문회에서 초등학교 1학년 때의 담임 선생님을 만나고 온 「빗소리」, 죽음의 공포를 이겨내고 죽음에 의연하려 안간힘을 쓰는 「산다는 건」 등 다수의 시편이 이에 포함된다. 조지훈의 시 「病에게」가 연상되는, 「병과 함께 사는 법」은 '병'을 단순히 극복해야 할 대상이 아닌 삶의 한 부분으로 받아들이고 그 안에서 새로운 의미를 찾아가는 과정이 역설적으로 그려져 있다. 이 시는 병과의 동거를 통해 삶의 유한성을 인식하고, 그 속에서 예술적 성취를 향한 강렬한 의지를 다짐하는 시적 화자의 모습까지 겹쳐 놓아서, 삶의 진정한 가치를 탐색하는 묵상록처럼 읽힌다.

시의 초반부는 병이 삶에 불쑥 들어와 동거를 제안하는 독특한 장면으로 시작된다. "놈이 언제부터 내몸에 들어와 살기 시작했는지,/어느 날 소리 소문 없이 다가와 함께 살자고 했다"며 시작하는 도입부는, 병이 통제 불가능한 대상임을 인정하면서 삶의 예측 불가능성도 동시에 시사한다. 시적 화자는 병을 거부하기보다 "겨울 한낮 햇볕같이 짧은 인생/무얼 그리 아등바등 사느냐고,/그냥 신나게 살다 죽자고 했다"는 병의 달콤한 제안을 받아들인다. 이는 삶의 유한성을 직시하고 남은 시간을 욕망에 충실하며 자유롭게 살아가겠다는 시적 화자의 역설적인 태도를 보여준다.

병과의 동거를 통해 시적 화자는 삶의 제약을 인식하고, 그 안에서 삶의 진정한 의미와 가치를 찾아가는 모습을 드러낸다. "먹고 싶은 것이 있으면/먹고 마시고 씹고 삼켰다", "놀고 싶으면 욕망이 다할 때까지/기를 쓰고 놀았다"는 삶의 태도는 병이 오히려 삶을 더욱 열정적으로 살아가게 하는 동기가 되었음을 보여준다. 그러나 이런 모습은 단순히 욕망의 탐닉에 그

치는 것이 아니라 병을 삶의 한 과정, 하나의 존재로 인정하고 함께하는 삶을 선택했음을 보여주는 것이다. 한정수 시인의 '병과의 동거'는 병을 부정적인 대상으로만 인식하던 기존의 관점을 전복시키고, 병과 공존하며 삶의 질을 높이는 새로운 시도로 이해할 수도 있다. 하지만 이러한 평화로운 동거는 오래가지 못한다. 병 앞에서 인간의 유한성은 비극적 양상으로 드러날 수밖에 없다. 병은 "순순히 물러나지 않"으며, 삶을 위협하는 존재로 전면에 부상한다. 시적 화자 역시 "나도 더 이상 물러설 수 없다"며 삶의 마지막 순간까지 포기하지 않겠다는 강한 의지로 맞선다.

결국 시적 화자는 병과의 '사투'를 앞두고서 자기 삶의 최종 목표를 설정한다. "마음에 드는 시 한 편 쓸 수 있는 날까지/악착같이 살아 보기"로 결연한 다짐을 한 시적 화자는, 병으로 인해 더욱 선명해진 예술적 열망과 삶에 대한 긍정적인 수용 태도를 갖춘다. 단순한 생존을 넘어, 죽음이라는 궁극적인 한계 앞에서 예술을 통해 자신의 존재 의미를 찾으려는 시인 한정수의 고뇌와 결단이 스며 있는 부분이다. '마음에 드는 시 한 편'이라는 미학적 목표는 병과의 사투 속에서도 삶의 아름다움과 가치를 추구하려는 시인 고

유의 불굴의 정신이다. 병든 몸을 통해 삶의 본질을
성찰하고 이를 예술로 승화시키려는 시도는, 병을 삶
의 한 부분으로 받아들이며, 남은 시간 욕망에 충실하
고 예술적 목표를 향해 나아가려는 역설적인 태도이
기도 하다. 이 시는 병이 우리 삶에 드리운 그림자에
도 불구하고, 삶의 마지막 순간까지 포기하지 않고 의
미를 찾아가는 인간의 강인한 정신과 삶의 미학적 승
화를 아름답게 그려내고 있다. 이러한 시인의 의지는
다시 공존의 삶으로 이어진다.

숲속 벌레들
너나없이 바쁘다.

나뭇잎 잘게 잘라 오물거리고
나무 둥치에 달라붙어 수액을 빨고
가지에 집 지어 새끼 키우고
뿌리 사이사이 애벌레들 재우고

그래도 나무들 역정 한 번 내지 않는다.
주고 또 주고 죽어서도 주는 나무들

비 그친 아침 숲속.
나무들, 잎새마다

빗방울같이 맑은
마음을 달아 놨다.
- 「나무들, 벌레를 사랑하다」 전문

제목에서 노골적으로 드러나듯 시인은 자연의 미시
적인 존재인 벌레와 거시적인 존재인 나무의 관계를
통해 밀도 있는 자연관과 인생관을 보여준다. 그는 자
연 속 모든 생명이 상호 연결되어 공존하는 방식을 섬
세하게 포착하여, 자연의 순환과 조화, 관용과 헌신의
관계 미학을 시로 풀어놓는다.

시인에게 자연은 단순히 아름다운 풍경이 머무는
것이 아니라, 살아 있는 생명의 공동체이자 깊은 통찰
의 원천이다. "나뭇잎 잘게 잘라 오물거리고/나무 둥
치에 달라붙어 수액을 빨고/가지에 집 지어 새끼 키우
고/뿌리 사이사이 애벌레들 재우"는 모습을 통해 시인
은 작은 벌레들이 나무를 통해 생명을 유지하고 번식
하는 모습을 생생하게 그려낸다. 얼핏 보기에 벌레들
이 나무에게 의존하는 기생적 관계처럼 보이지만, 시
인은 작은 생명들의 존재를 긍정하고 그들과의 공존
을 중요하게 삶의 원리로 바라본다. 시인의 이러한 시
선은 모든 생명이 유기적으로 연결되어 있다는 심층

생태주의적 관점과 맞닿아 있다. 작고 하찮아 보이는 존재들에게 주목하면서 시인은 그것들의 삶에 내재된 생명력을 탐색하고 궁극적으로는 생명에 대한 깊은 경외심을 드러내는데 여기에는 인간의 삶과 생명에의 의지 또한 다르지 않다는 인식이 전제되어 있다.

이 시에서 시인이 가장 중요하게 여기는 가치는 '관용'과 '헌신'이다. "그래도 나무들 역정 한 번 내지 않는다"는 나무의 태도는, 벌레들로 인해 손상되거나 희생되면서도 보여주는 인내와 너그러움을 극대화시킨다. 나무는 벌레들에게 "주고 또 주고 죽어서도 주는" 존재라고 시인은 인식한다. 이는 시인이 배우고 따르고 싶어 하는 삶의 자세, 한없이 베푸는 사랑과 헌신의 자세이다. 앞서 읽었던 시들 속에서 어머니와 아버지에 대한 그리움, 병마와의 동거 등 한정수 시인은 한결같이 수용과 포용의 미학을 견지한다. 어떤 불구적 상황에서도 아름다움을 발견하는 긍정적이고 포용적인 시선이 한정수 시의 가장 큰 미덕이라고 할 수 있다.

이 시에서 그의 자연관은 시인의 인생관으로 치환되는데, 벌레들에게 희생되었지만 비 온 뒤 한층 더 맑고 투명해진 나무의 모습을 구현하는 마지막 연에서,

시인 내면의 정화와 순수가 강조된다. 삶의 고통과 어려움 속에서도 좌절하고 분노하기보다, 관용과 너그러움을 통해 내면의 평화를 얻을 수 있음을 시사한다. 자연의 작은 존재들 속에서 발견하는 생명의 경이로움과 나무의 숭고한 헌신을 통해 한정수 시인은 자신의 따뜻하고 겸손한 인생관을 그려내고 싶었던 모양이다. 인간 삶의 중요한 가치는 바로 모든 생명과의 조화로운 공존을 통해 내면의 평화와 지혜를 얻을 것이라고 시를 통해 말하고 싶었던 것이다.

작은 내를 건너기 위해 징검돌을 딛듯, 한 편 한 편 골라 읽은 한정수 시인의 시들은, 어머니와 아버지에 대한 그리움에서부터 삶의 유한성, 그리고 자연과의 교감에 이르기까지 폭넓은 주제를 다루고 있다. 하지만 이 모든 시편을 관통하는 시인의 자세는, 삶의 고통과 상실을 직시하면서도 이를 긍정적으로 수용하고 미적으로 승화시키려는 의지이다.

시인은 개인적인 경험에서 비롯된 상실감과 회한을 보편적인 인간의 정서로 확장하여 깊은 공감을 이끌어 낸다. 어머니에 대한 그리움은 단순히 과거에 대한 향수를 넘어 시적 자아의 정체성을 형성하고 내면을 정화하는 계기가 되고, 시간이 흐름에 따라 되돌아보게 된 아버지의 사랑은 헌신과 책임감으로 이해된다. 그리고 무엇보다 시인은 자신의 지난 삶을 되돌아보며 유한성을 지닌 삶의 본질적인 가치와 예술적 열망을 탐색하려는 시적 의지를 우리에게 보여준다.

한정수 시인이 보여주는 삶에 대한 긍정과 예술을 통한 존재 증명의 의지는, 현재의 성찰을 통해 과거의 그리움을 정화하고 내면의 평온을 찾아가는 견자의 여정이라고 할 수 있다. "홀로 서 있는 긴 그림자"(「눈길」)처럼 삶의 고뇌를 포용하고 드디어 평화로운 상태에 이르고자 하는 깊은 통찰 속에는 시인만의 고유하고 깊은 시적 공명이 있다. 이 시집을 읽는 독자라면 고통 속에서도 희망을 잃지 않고, 모든 존재와 공존하며, 끊임없이 내면을 가다듬어 예술적 완성을 추구하는 삶의 미학을 위해, 고군분투하는 한정수 시인을 기꺼이 응원할 것이다.

시와함께(Along with Poetry) 시인선 037

한정수 시집

나를 들여다본다

발 행 2025년 9월 1일

지은이 한정수

펴낸이 양소망

펴낸곳 도서출판 넓은마루

주 소 (03132) 서울특별시 종로구 삼일대로 30길21, 410호(낙원동, 종로오피스텔)

전 화 02-747-9897, 010-7513-8838

이메일 withpoem9@daum.net

출판등록 제2019호-000100호

인쇄 · 제본 (주)지엔피링크

ISBN 979-11-90962-47-6(04810) 979-11-90962-04-9 (세트)

값 12,000원